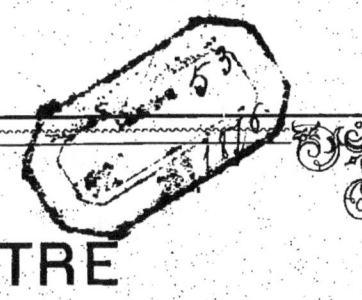

LETTRE

D'UN

GENTILHOMME DAUPHINOIS

A MONSIEUR RENÉ MARAL

Prêtre, réfugié à Genève

GRENOBLE

Xavier **DREVET**, éditeur

LIBRAIRE DE L'ACADÉMIE

14, rue Lafayette, 14

—

1876

LETTRE

GENTILHOMME DAUPHINOIS

A Monsieur René **MARAL**,

Prêtre, réfugié à Genève.

MONSIEUR L'ABBÉ,

Pardonnez-moi de vous donner encore ce titre répudié ; vous en préféreriez sans doute un autre moins plein de remords , mais celui-ci vous appartient. Bien que votre froc soit aux orties, du jour où vous avez baissé librement la tête sous la main d'un évêque, et reçu l'onction, vous êtes prêtre pour l'éternité ; vous pouviez être un prêtre chaste, un bon prêtre, un saint prêtre ; vous vous êtes fait mauvais prêtre, prêtre interdit, prêtre excommunié, prêtre aspostat : mais toujours et partout vous êtes et vous serez prêtre.

A quoi bon, monsieur l'abbé, ces fréquents recours à la publicité de la presse ? tenez-vous à désoler la compassion de vos anciens confrères et à stériliser leurs prières? n'avez-vous pas intérêt à l'oubli ? vous vous trompez si vous croyez qu'en bravant l'opinion des gens de bien, on peut étourdir sa conscience et étouffer ses remords.

Auriez- vous des visées de propagande ? J'entends dire que les protestants genevois eux-mêmes, blasés cependant en fait d'erreurs et de scandales, sont rebutés de votre dernier écrit. Qu'auriez-vous donc à espérer des consciences catholiques? le triage est fait dans l'Eglise ; vous étiez la dernière graine d'ivraie mêlée au froment ; ce qui reste est pur. Résignez-vous donc à la compagnie de messieurs Loyson, Mouls, Marchal, etc.

Sans doute ces rares complices, qui même ont déserté avant vous le drapeau de vos premiers serments, ne peuplent guère la solitude que l'apostasie vous a faite. Vous portiez haut vos espérances ; vous devez être bien humilié de leurs vices, de leur nullité et de votre insuccès.

Un jour, en frappant sur un large cahier couvert jusqu'aux marges d'une écriture serrée, vous disiez : « Voilà qui fera du bruit dans le monde ; Veuillot n'a qu'à se bien tenir. » Quelque temps après vous mettiez le feu aux poudres ; la mèche était sans doute éventée, car l'écho est resté silencieux. Louis Veuillot lui-même, peu patient d'habitude aux provocations, n'a rien dit. Le vieux lion sommeillait ; s'il a entendu quelque bruit, il l'aura pris pour un bourdonnement. Vous espériez un coup de griffe ou de dent qui vous aurait sacré apostat ; au moins quelque rugissement pour annoncer à Genève une recrue de premier ordre. Il est dur, j'en conviens, de se mettre en frais de lâcheté, sans provoquer ni bénédiction de bienvenue, ni malédiction d'adieu. Avoir rêvé d'être le bras de Judas, et se trouver à peine le suivant de Junqua !

Vous êtes tristement parti, plus tristement arrivé. Il ne pouvait être que triste, en effet, le jour où vous consommiez la trahison tramée depuis si longtemps ; il va jeter son ombre sur tout votre avenir ; malgré le mal que vous avez fait et voulu faire, puisse-t-elle s'éclairer à la lueur du repentir, sur le seuil de l'éternité !

A l'abandon de vos vœux répondait le juste abandon de ceux que vous aviez crus vos amis. Pas une main ne serrait la vôtre, pas un mot de regret ni de souhait, pour vous retenir ou vous suivre. Vous erriez comme une âme en peine sur l'asphalte de la gare, tantôt assis, tantôt debout. Vous preniez, vous quittiez les banquettes d'attente ; le plus souvent vos regards inquiets interrogeaient la route, ou cherchaient à pénétrer jusqu'au fond des voitures, et vous murmuriez avec dépit : Où sont-ils donc ? suis-je déjà oublié ? C'était la première étape du châtiment.

La seconde était marquée, dit-on, à Genève même. A la porte de l'hôtel où vous comptiez descendre, l'hôtesse, fervente méthodiste, vous demanda votre nom pour l'inscrire sur ses registres. — Quel besoin, madame, avez-vous d'inscrire mon nom ? — Monsieur, les règlements de police l'exigent.

— La police! est-ce donc ici comme en France? Je me croyais en terre libre. — Et vous ne vous trompez pas, monsieur; mais Genève est en même temps le pays de l'ordre et de la liberté. — Eh bien! madame, écrivez. Je m'appelle Légion. Légion! reprit la piétiste quelque peu effrayée, et baissant déjà les yeux pour chercher les pieds de bouc. Seriez-vous le grand ennemi, le Béelsébuth des Evangiles? — Vous vous abusez, madame. Ce nom est symbolique. Ceci est un signe qu'une foule innombrable, échappée comme moi à la corruption de Babylone, va se presser sur mes pas. J'étais prêtre, madame, prêtre romain; l'Esprit m'a parlé et je suis venu. Préparez votre logis, allongez votre table d'hôte : vous ne suffirez pas encore à ceux qui vont entrer dans ma voie. — Ah! reprit la bonne dame, avec une froideur manifeste, Ah! monsieur était prêtre romain! monsieur compte-t-il séjourner quelque temps chez moi? — deux semaines à peu près, madame. — Deux semaines, c'est beaucoup ; monsieur paye-t-il d'avance? — Madame, vous me faites injure. Pour qui me prenez-vous? — Que monsieur ne s'offense pas. Je le prends bien pour ce qu'il est. Plusieurs confrères de monsieur sont venus à mon hôtel ; ils m'ont appris que les apostats ont la bourse et la conscience vides. Je ne suis pas riche, mes filles de chambre sont jeunes; monsieur m'obligerait beaucoup de chercher ailleurs. Là-dessus avec une courte révérence, elle ferma sa porte.

Double leçon bien méritée. Vous saurez désormais que parmi les méthodistes l'apostasie n'est pas un titre de recommandation ; vous saurez aussi que le mot d'apostat est une grave injure. Est-ce bien à vous, ancien régent de rhétorique à y contredire? l'étymologie grecque ni les arguties n'y peuvent rien. Un apostat est un traître. C'est celui qui, sans raison de conscience, et par passion ou par intérêt, change de religion. Vous avez beau dire que le sens en est indifférent : Saint-Augustin, quittant les erreurs et le libertinage des manichéens pour la foi et la chasteté chrétienne, ne sera jamais un apostat ; mais Judas qui a vendu son maître pour trente deniers en est un. Luther passant à l'hérésie, par orgueil et par luxure, en est un autre. Ce vilain mot n'admet point de qualificatif honorable ; nul n'a jamais dit : un pieux apostat, un vénérable apostat. On s'accorde à dire : un vil apostat, un exécrable apostat, un infâme apostat.

Avez-vous bien pu croire l'Eglise ruinée par votre départ ? n'est-ce pas Swift qui assure que le Pape sarcle de temps en temps son jardin, et qu'il en jette la mauvaise herbe, par-dessus le mur, dans celui de la réforme ? Il n'y a rien de changé dans votre diocèse : il n'y a qu'un mauvais prêtre de moins ; les églises y sont visitées, les confessionnaux assiégés. Votre paroisse même, à peine atteinte par l'atmosphère empestée qui vous enveloppait, se presse autour de son pasteur : un vrai pasteur cette fois, et non plus un loup à peau de brebis. Ranimés par sa piété, ils espèrent arrêter les foudres allumés par vos profanations de chaque jour. L'enceinte du séminaire suffit à peine aux aspirants du sacerdoce ; l'amour divin, le zèle du salut des âmes, l'espoir du martyre excité par les menaces des impies, les attirent plus que jamais. Ils n'attendent pas du monde, comme vous le prétendez, de vaines politesses, trop souvent refusées au plus digne ; ni la part d'or et d'argent que leur a refusée la médiocrité de leurs familles. Ils savent bien qu'ils n'auront que le pain de chaque jour, souvent disputé, toujours amer, quelquefois trempé de larmes. Ils ont renoncé aux amours de la terre ; ils ne sont pas pour cela stériles et sans amour. Dans ce sexe que vos adorations sacrilèges ont insulté, ils ont cueilli une fleur virginale. L'image de Marie embaume leurs bréviaires, sa médaille repose sur leurs poitrines. Leur virginité féconde donne des âmes à la vertu et au bonheur. Si vous aviez su aimer comme ils aiment, vous n'auriez pas connu ces nuits honteuses dont le souvenir souille vos dernières pages. Du moins l'exemple de votre chute leur a montré des précipices qu'ils ne soupçonnaient peut-être pas. Vos appels sont inutiles, pas un d'eux ne vous suivra ; la route de Genève restera déserte, et, au lieu d'être chef de file, vous serez le dernier des apostats modernes.

Ne songez plus aux prêtres. Vous n'avez plus le droit de parler ni à eux, ni d'eux. Vous ignorez leurs devoirs et leurs vertus. Ce n'est pas au déserteur à enseigner les braves. Vous, le vaincu de toutes les tentations, vous n'avez plus que le droit au silence : ou bien, si vous élevez jamais de nouveau la voix, prenez d'abord le cilice et la haire, couvrez-vous la tête de cendres, ceignez vos reins de la corde à gros nœuds des pénitents, avouez humblement vos iniquités : alors le Dieu de l'eucharistie oubliera peut-être que vous l'avez laissé manger des vers dans son Tabernacle et dans son Ciboire ; son sang, versé sur la pourriture de votre cœur, y ressuscitera des germes de vie, et vos anciens frères uniront leurs voix à la vôtre, pour crier merci et pardon.

Sur les laïques vos tentatives de prosélytisme seront encore plus infructueuses, s'il est possible. Catholiques fervents, ou ultramontains, pour parler comme vous, ils voient en vous un banni, et maudissent vos erreurs en priant pour votre retour. Catholiques libéraux, s'il en existe encore depuis que l'Eglise a parlé, je leur souhaite de vous lire : ils verront dans quels abîmes on va se perdre, quand une fois on est sur cette pente.

Quant aux incroyants, j'ai mis votre brochure aux mains de plusieurs d'entre eux. L'épreuve a réussi : ils n'avaient pas l'idée d'une telle corruption. Par une réaction légitime, ils ont jeté un œil de regret sur leurs belles années de foi et d'innocence, et juré qu'ils ne sauraient descendre si bas. Vous savez la coutume des Lacédémoniens : on enivrait des Ilotes, et on les montrait en spectacle aux jeunes Spartiates, pour les dégoûter de l'ivrognerie. Cependant je ne compte guère, pour ramener les incrédules, sur ce moyen désespéré. Il m'a fallu trop d'instances pour obtenir que l'on achevât la lecture commencée.

Pourquoi se faire imprimer, me disait l'un deux, quand on a si peu à dire ? Il n'y a rien dans cette brochure que paradoxe et cynisme. Ce monsieur Maral s'appelle symboliquement René ; son livre devrait s'appeler mort-né. Sans ma déférence pour vos désirs, je l'aurais laissé là vingt fois. Point d'intérêt, point de vie, tout est morne, éteint, l'auteur paraît connaître les bons écrivains ; il les cite souvent. Ces lambeaux brillants jurent avec le reste. Il jette à pleines mains les fleurs aujourd'hui fanées, sans couleur, sans odeur, qui ont charmé nos pères, il y a cent ans ; il voudrait paraître ancien et ne réussit qu'à être vieux.

Pas une idée neuve, pas une pensée forte, pas un mot qu'on se rappelle et qui fasse réfléchir. Il annonce, en quittant le chemin battu, qu'il va frayer une voie à l'humanité, et il se perd à quelques pas de là dans les broussailles. Dès son premier écrit, j'ai vu qu'il n'aurait plus rien à dire. Qu'y a-t-il dans celui-ci? ce que nous savions déjà: que le beau talent de Veuillot lui fait envie, que le Pape est coupable d'infaillibilité, et surtout cette perpétuelle hypocrisie du révolté qui veut sauver l'Eglise. Je n'y vois qu'une seule nouveauté : le lever du rideau qui cachait l'âme d'un mauvais prêtre. J'en aurai longtemps mal au cœur : je ne sais rien au monde de si hideux.

Si encore le style voilait quelque peu la laideur du fond! On peut passer à la vérité et à la vertu l'absence ou la pauvreté de leurs habits: elles sont si belles que des haillons ne sauraient les déparer ; rien ne leur va mieux encore que leur chaste nudité. L'erreur et le vice, eux, ont besoin d'ornements. Un bel enfant, l'orgueil de sa mère, est assez paré des grâces de son âge ; on n'ajoute point de fard à la teinte rosée de ses joues et de ses lèvres ; ni de parfum à la fraîcheur embaumée de son haleine ; mais si je rencontre un vieux libertin dont la mâchoire est cariée et le souffle fétide : morbleu, monsieur, tenez dans votre bouche des pastilles odorantes, ou bien, passez au large.

Ne m'a-t-on pas dit qu'il a professé les belles-lettres, ce M. Maral? Pauvre maître, pauvre élèves? des métaphores ambitieuses, bizarres, sans rapport à l'idée ; des facettes multiples qui ne renvoyent point de lumière ; une ignorance étonnante de l'origine et du sens précis des mots: je ne vois que cela dans son livre. Aussi, grâce au choix vicieux des termes et à l'embarras des constructions, la pensée est souvent obscure. Il a des pages qu'il serait impossible de résumer. Il affecte la concision, sa phrase tourne court. Ailleurs, ce serait une qualité. Dans Tacite, par exemple, les pensées, à l'étroit, brisent, pour ainsi dire, leur enveloppe pour apparaître au lecteur. Ici les mots ont beau être rares, la pensée, plus rare encore, est toujours à l'aise. De tout le programme de son professorat, il n'a un peu compris et retenu que l'harmonie des sons. Encore en a-t-il exagéré la valeur ; chez lui toutes les syllabes sont bruyantes ; ce cliquetis fatigue l'oreille. C'est son sublime à lui. Du moins y a-t-il cet avantage, que lorsqu'il vise à la profondeur, le son vous avertit que tout est creux.

Ainsi pensait et parlait mon ami. Je l'écoutais dire, sans essayer de le contredire. Je trouvais même qu'il aurait eu bien autrement raison s'il eût laissé le côté littéraire pour le fond des choses. Soyez en paix, je ne viens point entreprendre cet examen. Une réfutation de vos erreurs est parfaitement inutile : vous êtes réfuté quand on a dit oui où vous dites non, et non où vous dites oui. Des faits que vous produisez vous êtes le seul témoin : par exemple, vous assurez que la confession primitive était toujours publique, jamais secrète. A quoi passiez-vous donc ces veilles nocturnes qui prolongeaient l'étude aux dépens du repos ? vous n'avez donc pas lu Origène, qui parle en termes si clairs de la confession secrète ? Et comment ignorez-vous les belles découvertes de M. de Rossi dans la Rome souterraine ? Etudiez-les, vous y verrez la description de confessionnaux comme les nôtres, dans les catacombes les plus anciennes.

Ailleurs vous signalez les dangers presque sans défense de la confession. Parlez pour vous, monsieur. On a pris acte de vos aveux. On sait désormais que vous vous êtes souillé dans la source de pureté. Mais cette honteuse exception, Dieu merci, ne fait pas règle. Dix-huit siècles sont là pour attester contre vous, que, si la chasteté, inconnue partout ailleurs, a fleuri dans le christianisme, c'est à la vigilance des confesseurs qu'on le doit.

J'ai dit : fleuri. Veuillez y prendre garde. Oui, la chasteté est une fleur, une fleur précieuse. L'éternel honneur des chrétiens sera de l'avoir produite et cultivée. Cette vertu vous gêne ; vous auriez tout accepté du catholicisme, les sacrements et les mystères, si l'on vous en eût affranchi. Vous vous y êtes essayé, elle passe vos forces. C'est votre faute ; en émettant votre vœu, que ne lui donniez-vous ses gardes ordinaires : la prière, la sobriété, l'étude ? oui, l'étude : l'étude de la théologie, de l'Ecriture sainte et des Pères, et non pas celle de Rabelais, de Paul de Kock, de Parny, des contes de Lafontaine, et d'autres, qui peuplaient et souillaient votre bibliothèque ?

On sent à travers vos bravades combien cet échec vous humilie. Vous exagérez la tentation, que tout le monde, hélas ! connaît, et votre lutte, à laquelle personne ne veut croire. Le remords perce partout, avec la secrète envie que vous portez aux lutteurs plus heureux ; votre consolation serait de provoquer une défection. Non content de vous plaindre du vœu de chasteté, vous accusez la chasteté elle-même. Elle prendra, dans une nouvelle liste des péchés capitaux, la place de la luxure. Acharnement inutile ! vous ne réussirez pas mieux à la détruire qu'à la pratiquer ; tant que le sang de Dieu coulera sur l'autel, les vierges continueront de germer dans l'Eglise.

Depuis bientôt dix-neuf siècles, les générations recueillent les fruits de cette vertu, stérile en apparence; un si lointain passé lui assure l'avenir. Vous essayez en vain de la déshonorer en falsifiant sa généalogie. Si elle venait, comme vous le dites, des sacrifices humains, elle aurait retenu de son origine des mœurs farouches, et le goût du sang. Il n'en est point ainsi. Vous avez l'affirmation facile, parce que vous ne donnez que votre parole en garantie. Sauf la distance du rat à l'éléphant, vous procédez à la manière absolue de MARTIN Luther : *Sic volo...* Quoi que vous disiez, la chasteté est douce, aimable. C'est la volupté qui resserre le cœur et l'endurcit ; la chasteté le dilate et l'attendrit. Tandis que l'homme corrompu repousse par son égoïsme, le cœur chaste s'épanche en une charité sans mesure.

Au premier vagissement de l'enfant abandonné, la sœur de Saint-Vincent de Paule quitte sa dure couchette ou son maigre repas. Cette femme sans époux et sans enfants connaît les caresses de l'amour maternel. Elle prodigue au petit déshérité les sourires et les baisers. Il s'y trompe lui-même, il l'adopte à son tour, il n'est plus seul, il a retrouvé une famille, et quand le temps vient dénouer sa langue, il appelle l'une ma mère, l'autre ma sœur, et celui dont les conseils inspirent cette chaste tendresse, il lui dit : Mon père.

La sœur hospitalière veille au chevet du malade. Elle retourne sa couche, elle panse ses plaies, toujours égale et souriante dans ce rebutant ministère. Une épouse, une mère, une sœur, ne sauraient être plus dévouées.

Le prêtre est également assidu auprès du lit des mourants, sa grave parole les console de la terre qui s'enfuit et du tombeau qui va s'ouvrir. Il leur inspire, avec le regret de leurs fautes, l'espoir du pardon, et ne les quitte qu'en les remettant à Dieu, purs comme au sortir du baptême.

Il me serait facile d'étendre la liste des œuvres de la miséricorde chrétienne ; vous verriez qu'elles sont toutes à la gloire de la chasteté.

Mais dans quel pays sauvage avez-vous donc vécu pour ignorer ces choses ? Ou plutôt, vous, catholique, vous, prêtre, où étaient donc vos yeux quand ces bienfaisants miracles se multipliaient autour de vous ? L'impureté vous avait donc aveuglé ? Et si vous les avez vus, et si vous ne les avez pas oubliés, osez-vous rattacher aux sacrifices humains la filiation de ces douces vertus ? Osez-vous les accuser et les condamner ! Accusez donc Saint-Paul d'avoir préféré le célibat au mariage, pour se consacrer plus librement au service de Dieu et de ses frères ; condamnez la mère du Christ, qui a, la première, arboré l'étendard de la virginité. Allez jusqu'au Calvaire, et, sur la croix où il meurt pour le salut de l'humanité, reprochez au Dieu vierge de n'avoir pas aimé l'humanité.

Je suis bien loin d'avoir épuisé le sujet. Que n'aurais-je pas à dire encore sur le rôle social départi à la chasteté ? L'ordre donné au premier couple de croître et de multiplier n'était pas indéfini ; la mesure était clairement indiquée dans ces mots : et remplissez la terre. Malgré son excellence, la chasteté ne pouvait pas ê re la vertu des premiers âges. Le monde, alors désert, voulait des habitants et devait à Dieu des adorateurs.

Mais quand le Christ l'a révélée, le monde touchait évidemment à sa plénitude. Les torrents de sang versé dans des guerres de conquête ne l'avaient que trop prouvé. Fallait-il charger les conquérants d'élaguer, par des coupes réglées, les générations trop touffues. Le conseil de la chasteté, je dis le conseil, résolut la difficulté. Elle devait arrêter sans le tarir le flot toujours montant de la population.

Cependant l'influence d'un conseil donné de si haut pouvait devenir prépondérante, déranger l'équilibre et apauvrir l'humanité.

Le mariage fut alors ramené à l'unité première. Le christianisme ferma les gynécées payens à peu près stériles, et comme les deux sexes sont en nombre égal, la continence ne fut plus une nécessité pour personne. Le mariage devint chose sainte, le Christ l'éleva à la dignité de sacrement, et, si mes renseignements sont exacts, la fécondité lui est plus souvent prescrite que la virginité n'est conseillée.

La compensation est d'ailleurs visible. Quand une famille a cédé à Dieu quelques-uns de ses membres, une part plus large de la bénédiction des patriarches descend sur elle : comme ces arbres qui se mettent à fruit quand la serpe a retranché quelques-uns de leurs rameaux. Ailleurs on souille la vie et l'on se reconnaît indigne de la transmettre. Que disiez-vous donc que la virginité *condamne la vie dans son germe à ne point éclore ?* Ce n'est pas le Saint-Père, c'est Malthus qui conseille la stérilité honteuse des mariages solidaires.

Je m'arrête, je ne veux rien approfondir. Ce n'est pas pour vous réfuter où vous instruire, que j'ai pris la plume. C'est assez pour moi d'une protestation contre vos erreurs volontaires, et d'un avertissement à vos rares lecteurs. Autrement une lettre ne suffirait pas, il faudrait un volume. Vous savez le vieil adage : *Plus negaret*, etc. Que vous reste-t-il de votre première foi ! Etes-vous payen, protestant ou catholique libéral ? Vous faites rage, en vrai banni, contre le dogme et la morale et les pratiques ; vous maudissez la confession et le confessionnal, le sacerdoce et la soutane. Vous maudissez même la vérité.

Il n'y a que vous pour vous plaindre d'avoir trop de vérité. Le monde en a faim et soif ; il souffre d'en avoir si peu, et vous, né sous le soleil des clartés catholiques, vous qui savez que l'inspiration des prophètes se continue dans l'Eglise, vous, à la certitude de raisonnement et d'autorité divine, vous préférez le doute. Si jamais vous avez ouvert un livre de géométrie, vous avez bien dû pester contre Pythagore, Euclide et Archimède, et contre l'évidence de leurs théorèmes. En revanche, vous avez pâli de belles heures sur les problèmes éternellement insolubles de la quadrature du cercle et du mouvement perpétuel. Vous avez sagement corrigé la nature, en changeant de patrie : c'est à tort qu'elle vous avait fait Français. A Genève, le doute est un élément de l'atmosphère, le jour y est rare et nébuleux, il n'y a pas assez de crépuscule pour offusquer les yeux d'un chat-huant. Cette haine de la vérité n'est pas naturelle ; deux grains d'une démence trop visible pourraient l'expliquer, au besoin. Retenez cette excuse. C'est encore la meilleure que vous pourrez donner au jour du jugement. Puisse-t-elle suffire !

Quant au confessionnal, ce *grand coffre en bois*, cette *échauguette*, comme vous l'appelez, votre aversion n'est que trop naturelle. Le remords et le dépit y sont visibles, le dépit de la solitude où l'on vous y laissait, le remords du mal que vous y avez fait. Ah ! n'étouffez pas ce remords, c'est votre dernier espoir de salut. Méfiez-vous du dépit, c'est de l'orgueil. Et pourtant j'en conviens, voir les conseils de vos confrères préférés aux vôtres ; avoir, ou du moins se croire tant d'esprit, et rester seul dans la situation gênante que vous avez dépeinte ; oui, cela est dur.

Laissez-moi vous dire pourtant que j'ai vu peu de personnes aussi éprises que vous des charmes de votre conversation. J'en ai joui plusieurs fois, chez les autres et chez moi. Eh bien ! souffrez que je vous le dise : vous étiez peu goûté. Dans l'entretien sérieux, on vous trouvait léger; dans l'entretien léger, vous étiez lourd. Votre art consistait à accoupler des mots qu'on n'avait pas encore vus ensemble. Le trait lancé, vous vous glissiez à l'extrémité opposée du salon pour laisser l'admiration se produire. Et l'on souriait et l'on s'interrogeait : — Qu'a-t-il voulu dire ? D'ailleurs fort peu de connaissances en littérature, en histoire, en philosophie, sourtout en philosophie ; sur l'homme, sur la société, à peine une surface. La méchanceté formait votre première aptitude ; vous aimiez à piquer, jusqu'à blesser. Pour échapper à la revanche, vous choisissiez d'ordinaire un plastron, assez indulgent pour vous supporter, ou trop nul pour riposter. L'opinion se formulait ainsi : esprit médiocre, mauvais cœur. Ah ! pardon ! J'allais oublier certains bas-bleus incorrigibles, qui avaient usé chacun plusieurs paires de lunettes à sonder les profondeurs du sentiment dans la *nouvelle Héloïse*. Je les ai vus stupéfaits, foudroyés, pâmés d'émerveillement. Cela ne m'aurait pas rendu fier.

Je vous soupçonne d'être quelque peu naïf. Vous avez dû vous méprendre sur quelques-unes de vos aventures de confessionnal. Plus d'une visiteuse vous est venue par curiosité, n'ayant jamais vu pareil folâtre en soutane. Vous la croyiez à son départ éprise, séduite ; elle s'en allait pleine de dégoût. J'en vois une preuve palpable dans cette admiratrice prétendue, si assidue à vos conférences, qui se dé-

robe à vos regards derrière les piliers et dans les recoins
de la nef. A son approche, vous croyez tenir une passion.
Elle vous a pourtant bien averti dès le premier mot : Je
suis curieuse. A qui la faute si vous vous obstinez à com-
prendre : Je suis amoureuse ? Au reste, la chose a tourné
court. Elle vous devine, malgré les détours alambiqués de
votre réponse. Dieu ! ce n'est pas un prêtre, c'est un satyre,
et elle se lève à la hâte, légère, dites-vous ; oui! légère de la
dernière once d'estime qui lui restait pour l'homme à phrases.
J'emporte du bonheur pour toute la vie, lui faites-vous
dire. Allons donc ! si elle avait eu soif du bonheur que vous
pouviez donner, elle serait restée, vous l'auriez revue. Je
n'y étais pas ; mais je gage qu'elle murmurait en s'en
allant : J'emporte du mépris pour toute la vie. Je maintiens
mon dire : le dépit entre pour beaucoup dans votre aversion
pour le confessionnal.

N'est-il pour rien dans votre éloignement pour la
soutane ? Car enfin la soutane est un vêtement décent qui
couvre toute la personne, du haut du cou jusqu'aux pieds.
Elle est presque élégante : elle serre suffisamment la taille
et la poitrine, selon l'usage du nord, et se développe, dans
le bas, avec l'ampleur préférée dans le midi et l'Orient.
Elle est commode : vous êtes seul à vous en plaindre. On la
prend, on la quitte sans peine. Les jambes sont à l'aise dans
les plis inférieurs. Elle gêne, il est vrai, les mouvements
rapides, les courses précipitées ; c'est un rappel heureux à
la gravité sacerdotale.

Cependant, pour qu'elle offre ces avantages, certaines
conditions de structure sont nécessaires. Par exemple, des
épaules trop hautes, équarries en porte-manteau, et qui
empiètent sur la ligne trop rentrée de la poitrine, relèvent
par derrière l'étoffe, qui flue par-devant, et à la moindre
inclinaison du buste, se laisse prendre sous l'extrémité de
la chaussure. De plus, des hanches trop menues, des ge-
noux trop voisins l'un de l'autre, n'écartent pas assez les
plis de la jupe, qui se mêlent entre les jambes. Oui, avec de
tels obstacles, vous ne deviez pas aller gaîment.

Quand, d'autre part, je me rappelle les soies hérissées
sur votre tête, vos sourcils touffus, et les nombreux bour-
geons fleuris sur votre front et sur vos joues, je me demande dans quel rêve insensé vous avez entendu certaine

vieille s'écrier d'*une voix éraillée* : *Voilà un beau gar-*
çon, c'est pourtant dommage! Repassez vos souvenirs,
et, si ce n'est pas un conte fait à plaisir, avouez que la pauvre vieille avait les yeux chassieux, et qu'elle avait oublié
de mettre ses lunettes.

Je me demande pourquoi vous préférez la toge à la soutane. Autant vaudrait inviter une dame à quitter sa robe
pour prendre son châle. Vos rhétoriciens devaient avoir une
singulière idée du costume des Romains. La toge, corres-
pondante au pallium des Grecs, était un vêtement de des-
sus, un habit de ville que l'on quittait pour le travail ; elle
n'avait point de manches, et emprisonnait les bras, comme
nos manteaux, sans toutefois s'agrafer au cou. La tunique,
en latin *tunica, tunica talaris* quand elle couvrait le
talon, en grec *chitón exómis*, ou si elle descendait jusqu'aux pieds, *exómis podèrès*, en hébreu *meïl*, désignant
la robe de couleur hyacinthe, réservée aux grands-prêtres,
ou Kethonet, nom de l'aube blanche de lin, indispensable
aux simples prêtres, la tunique, dis-je, était le vêtement
nécessaire. Dans une forme analogue à la soutane, c'est-à-
dire affleurant les pieds, avec ceinture au-dessus des hanches, et manches indifféremment larges ou serrées au poi-
gnet ; elle fut le vêtement habituel de la race ionienne.
Les Ioniens de l'Attique l'ont gardée jusqu'au temps de
Périclès. Ceux d'Asie n'en ont jamais changé. L'antiquité
profane et l'antiquité sacrée sont d'accord, vous le voyez,
pour la recommander au clergé. Vos plaintes n'y change-
ront probablement rien.

Soit que la soutane vous ait gêné, ou, comme le disent
vos anciens confrères, que vous ayez gêné la soutane, il
ne faut pas en faire un épouvantail. L'effet de rabat-joie
que vous avez produit sur deux pauvres petites filles, ne
tenait pas à votre habit. Ma maison est ouverte aux prêtres;
ils me font plaisir et honneur par leurs visites. Leur présence, je le sais, inspire la décence. Les plus légers n'ose-
raient dire devant eux ce que vous avez osé écrire; mais
ce sentiment de répulsion que votre présence paraît avoir
habituellement produit, avait, croyez-moi, des causes toutes
personnelles. M. le curé de ma paroisse vient de temps en
temps, avec M. l'abbé, me surprendre à l'heure du repas.
Cette surprise est toujours une fête pour mes enfants.

D'aussi loin qu'ils les voient dans l'avenue du château, ils
courent au-devant d'eux, leur serrent les mains, leur présen-
tent leurs joues, leur demandent leur bénédiction. Les plus
petits prennent les plis de leur soutane, et se trouvent en
sûreté, comme auprès de la robe de leur mère.

Au risque de vous livrer le secret de mon nom, je vais
vous rappeler un souvenir déjà lointain. Vous habitiez encore la ville de ***. Votre petite réputation, dans sa première fleur, n'avait point encore souffert de déchet. Curieux
d'étudier une personnalité dont on s'occupait déjà en divers
sens, je vous adressai une invitation à dîner. Madame et
ma fille aînée, non moins curieuses, se chargèrent de vous
la transmettre, et au lieu de se rendre à votre appartement,
allèrent vous la porter au confessionnal, peut-être pour
contenter une double curiosité. Que se passa-t-il? Au retour
je remarquai une gravité morose inaccoutumée. Je com-
prends, me dis-je : nouveau confesseur, nouvelle contri-
tion, nouvelles résolutions. L'accueil que vous reçûtes à
trois jours de là me mit la puce à l'oreille ; rien ne put les
dérider, ni vos compliments alambiqués, ni vos airs pen-
chés, ni vos attitudes de vainqueur assuré de sa conquête.
Je glissai un mot en secret : — Madame, vous n'êtes pas aimable. — Je fais ce que je peux, plus que je ne dois, me
fut-il répondu. Après votre départ, elle ajouta : — Je ne
reverrai plus ce M. Maral, je l'ai trop vu d'une fois ; c'est
un mauvais prêtre. Il m'a tenue pendant une demi-heure
sous le feu de son regard, me tourmentant d'odieuses ques-
tions, cherchant un mauvais plaisir dans mes réponses. Ses
ennemis l'ont bien jugé.

Et vous, petit chiffon, dis-je à ma fille : vous n'avez pas
été gracieuse pour M. Maral. — Papa, répondit-elle, (elle a
treize ans, elle en avait huit alors, l'âge de la pleine fran-
chise), papa, je ne l'aime pas. — Vous ne l'aimez pas. Eh !
pourquoi ne l'aimez-vous pas, mademoiselle la capricieuse ?
— Papa, c'est que... — Eh bien! c'est que. — C'est que...
il sent mauvais. — Comment, il sent mauvais ? — Oui papa,
il a l'odeur du bouc. Avant-hier, j'ai cru être empoisonnée.
— En lisant votre livre, j'ai compris cela. Dieu avait
accordé en cette occasion à ma pauvre enfant une délica-
tesse miraculeuse d'odorat. Plusieurs saints personnages,

vous le savez mieux que moi, en ont été favorisés, et reconnaissaient les âmes impures à une puanteur spéciale.

Le vrai bouquet de votre visite fut celle que je vous demandai avec une bénédiction, pour mon bébé, âgé de trois ans, un peu malade. J'ignorais encore les détails que je viens de rappeler. Dès qu'il vous vit, le pauvre enfant montra une inquiétude peu ordinaire ; à mesure que vous vous approchiez, il se retirait au bord opposé de sa couchette ; quand vous étendîtes la main pour le bénir, croyant que vous alliez le prendre, il sortit ses petits bras comme pour se mettre en défense ; mais quand vous essayâtes de l'embrasser, il devint tout pâle, et se mit à crier : Maman, maman. Sa mère accourut, le prit dans ses bras. — Qu'y a-t-il donc, mon chéri ? — Maman, ce monsieur. — Eh bien ! ce monsieur ? — Maman, il veut me manger. — Non, il ne vous mangera pas, n'ayez pas peur. — Maman, c'est celui du petit Poucet, que vous m'avez conté hier. Il a senti la chair fraîche, il veut me manger.

Depuis le commencement de cette burlesque scène, je tenais avec peine mon sérieux ; mais alors la terreur et les cris de l'enfant, votre silence et la mortification peinte sur votre visage, formaient un tel contraste, qu'il fallut éclater. Cela fut contagieux, ma femme et ma fille éclatèrent à leur tour, la mauvaise humeur vous prit ; ramassant canne et chapeau, vous partîtes sans dire adieu. Nous riions encore à nous tenir les côtes, que vous étiez déjà au milieu de l'avenue. Je ne vous ai pas revu, j'en suis bien aise.

Conclusion : Vous faites peur aux enfants, les hommes s'éloignent de vous, la soutane n'y est pour rien. Je n'ai pas tout dit, peut-être y reviendrai-je.

Recevez, monsieur l'abbé, l'assurance de mon désir sincère de vous voir rentrer au plus tôt dans le bon chemin.

• comte de •.

A " le 15 août 1876.

Grenoble. — Imprimerie MARTIGAUDIN, 8, rue Servan.

16

www.ingramcontent.com/pod-product-compliance
Lightning Source LLC
Chambersburg PA
CBHW061634180626
46818CB00005B/2385